FIBONACCI Blues

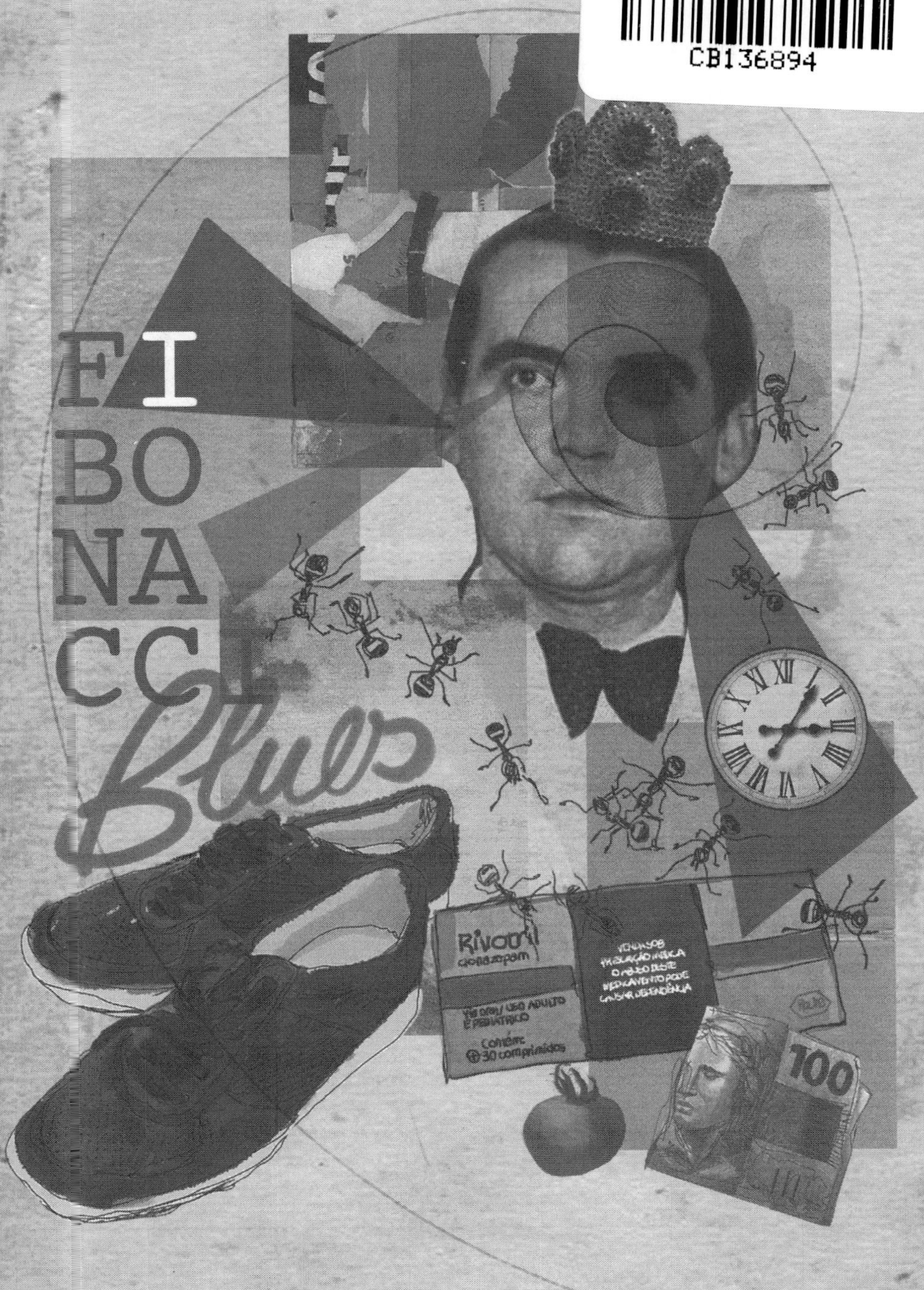

Kotter Editorial
2021

Edson Cruz

FIBONACCI Blues

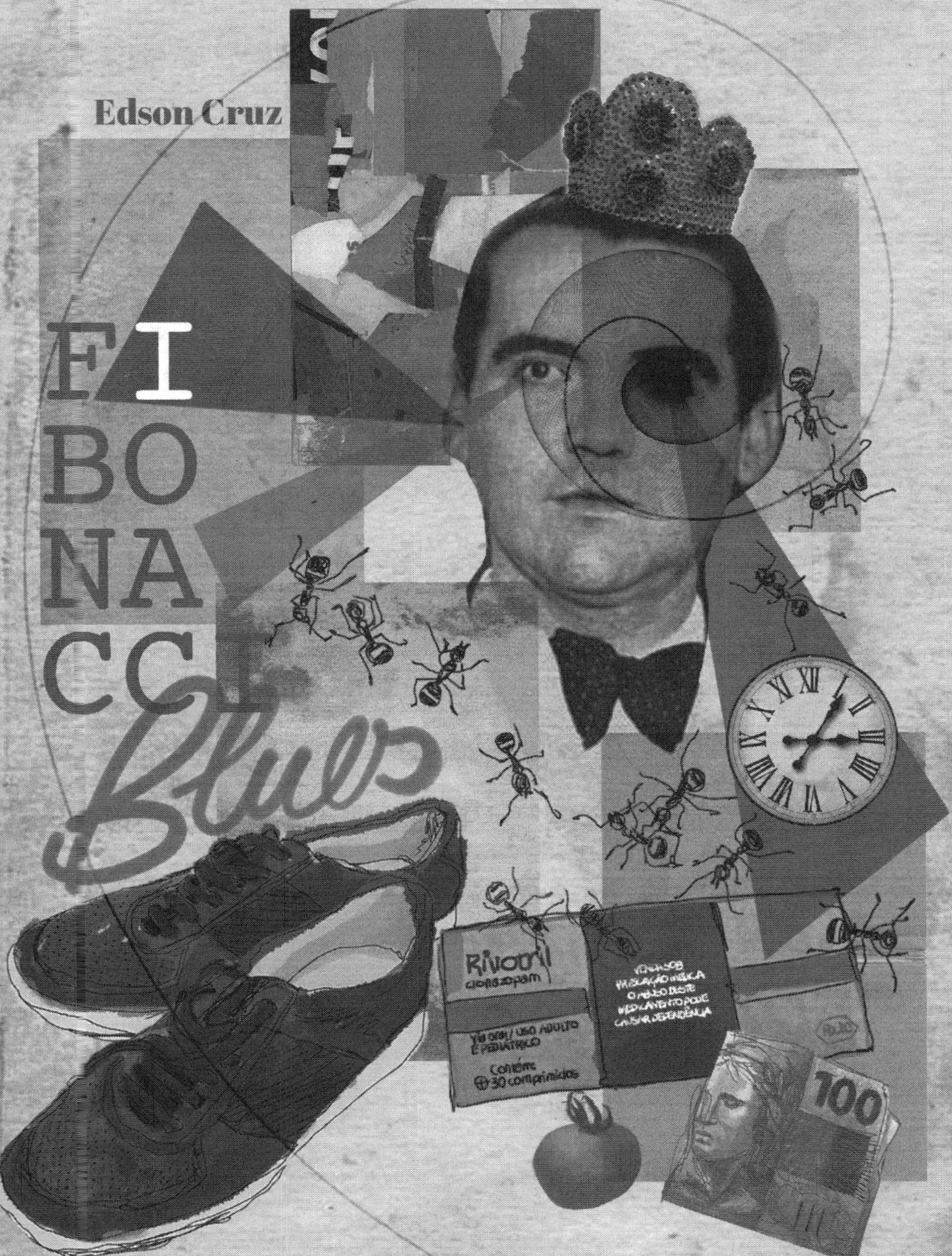

uma novela fractal

coordenação editorial
Sálvio Nienkötter

editor executivo
Daniel Osiecki | Raul K. Souza

editora-assistente
Francielli Cunico

capa | projeto gráfico
Paula Villa Nova

produção
Cristiane Nienkötter

Dados Internacionais de Catalogação na Publicação (CIP)
Angélica Llacqua CRB-8/7057

Cruz , Edson
Fibonacci Blues | Edson Cruz
Curitiba: Kotter Editorial, 2021.
144p.

ISBN 978-65-89624-04-2

1. Ficção brasileira 1. Título "Fibonacci Blues"

CDD B869.3

21-0675

Kotter Editorial
Rua das Cerejeiras, 194
82700-510 | Curitiba/PR
+55 41 3585-5161
www.kotter.com.br | contato@kotter.com.br

1ª edição
2021

para Ernesto de Melo e Castro
e Elza Miné

0

Está escrito. A literatura é como um fósforo. Não serve para iluminar a escuridão, mas sim para nos darmos conta da imensidão da escuridão.

1

A angústia sempre esteve presente. Contra ela, melhor do que o uso indiscriminado de Rivotril, temos a estratégia do sonho. Ou a de um futuro possível. Embora saibamos que o futuro é suscetível e que nos chega imantado pela morte e que diante desta imantação nos depararemos novamente com a angústia. O drama do tempo torna-se o drama da vontade e por isso queremos escapar à consciência de sua passagem. Resta-nos, então, a estratégia do sono, do entorpecimento, que é outro tipo de morte. Uma pequena morte, digamos assim.

1

Ao acordar, embora não estivesse certo de tê-lo feito, Adilson lembrou-se que havia sonhado com Borges. Nada daqueles clichês sobre espelhos, tigres e labirintos. Foi algo menos literário, temos que admitir. Ele falara coisas horríveis sobre a incapacidade dos negros. Que os negros nunca haviam criado nada de significativo e ele, Borges, não teria como citar um autor negro relevante. Como alguém pode ser tão cego? A cabeça de Adilson doía. Doía sempre que ele era contrariado. Doía sempre que a realidade lhe pesava.

2

Nos sonhos, os trilhos ondulam. Serpentes de aço. A vida esfuma-se em um traço de *shodo.* Bafejos de *sumi.* Cada gesto tem sua importância devida. Os espaços em branco adquirem potência de significados. Aquele trajeto que fizera ainda bebê entre a Bahia negra e uma São Paulo fria tornara-se um borrão azul escuro. A pequena odisseia entre a Pirituba com ruas de barro e o bairro da Luz com seu asfalto fumegante ainda faiscava indistinguível. Uma reta, aprendera, nunca foi a menor distância entre dois pontos. A massa pegajosa do tempo permeia o espaço. Uma infância nublada de despedidas e de ausências é um buraco negro.

3

Um amigo de Adilson acordava todos os dias com o som das patas de seu gato sobre as teclas do piano. Ao se levantar, encontrava-o junto à porta que levava ao jardim. Esperava que a abrisse. Nas manhãs de sábado, isso era recorrente. Um cientista olharia para tal evento e pensaria que, para o dono do gato, seria natural descrevê-lo como "significando" o desejo do gato de sair para o jardim. Dessa forma, ele estaria fazendo uma descrição semântica da conduta de seu gato. O cientista sabe, porém, que as interações entre eles só ocorreram como um desencadeamento mútuo de mudanças de estado, segundo suas respectivas determinações estruturais. Presume-se que um bom cientista saiba diferenciar o operar de um organismo da descrição de suas condutas. Há muitas ocorrências como a do amigo de Adilson em que poderíamos aplicar uma descrição semântica a um fenômeno social. É um frequente recurso literário ou metafórico, que torna a situação comparável a uma interação linguística humana, tais como as fábulas.

Plagiando Humberto Maturana.

5

Um imperador chinês, no século 12, sonhara com um magnífico palácio adornado de todo tipo de pedras preciosas e, como lhe era possível, ordenou que ele fosse edificado de acordo com a sua visão. Acontece que, no século 18, um poeta inglês, que não tinha como saber que a construção desse palácio havia sido gestada a partir de um sonho, sonha com um poema que lhe mostra a grandiosidade de tal palácio. Como descrever o significado de tais simetrias a articular almas que vivem em séculos e culturas tão diferentes?

8

O escritor espanhol Agustín Fernández Mallo esteve em São Paulo para falar sobre seu trabalho. Adilson estava lá. Agustín contou que, antes, passara alguns dias no Rio de Janeiro e havia se hospedado em um hotel que lhe gerara uma experiência de escrita. Descobriu Agustín que o hotel tinha várias salas e salões para conferências com nomes de artistas espanhóis. Dalí, Velásquez, Goya, Garcia Lorca, entre outros. Curiosamente o salão Garcia Lorca era o único que eles mantinham fechado e ao perguntar o porquê responderam que por questões técnicas e, evidente, porque não estava em condições de receber ninguém. Mallo, que é poeta, além de físico, e respeita a obra de Lorca, ficou muito impressionado com o fato de o salão ficar fechado e constantemente vazio. Em sua cabeça, um salão vazio era como uma vala comum, um lugar onde se enterram indigentes e outros defuntos sem nome. Lembrou que Garcia Lorca havia sido enterrado em uma vala comum depois de ter sido assassinado durante a Guerra Civil Espanhola. Seu corpo nunca foi encontrado. Mallo arquitetou um plano para remediar esse vazio. Em cada uma das notas de reais que havia trocado no aeroporto anotou um verso de Lorca. Pagou o restaurante, as lembrancinhas, a cerveja que tomara na Lapa, o táxi e o próprio hotel com essas notas tocadas pelo elã poético de Lorca. Aquela sala nunca mais estaria vazia. Em algum lugar do Brasil, alguém balbuciaria em mau ou bom espanhol um verso de Lorca. Um duende que começaria a fazer estragos por onde passasse.

13

Dinheiro era o nome da moeda usada em Portugal no século 12 até meados do século 15. Aos poucos, foram introduzidos os réis como um múltiplo de *dinheiro.* Atualmente, qualquer criança sabe o que é dinheiro e qual a sua importância. Usado como moeda de troca de bens e de favores, compra de serviços, força de trabalho e propina, pode ser utilizado de forma implícita ou explícita, livre ou por coerção. Também é do conhecimento da maioria que o dinheiro em si é um bem escasso. Adilson o sabia bem. Alguns sabem mais do que outros, pois a prática, principalmente nesse caso, sempre supera a teoria.

21

A *expressão* Time is money *rege, segundo por segundo, a vida de centenas de profissionais envolvidos com os comerciais de tevê.* (Revista *Realidade*). Devemos acrescentar que não só a dos profissionais envolvidos com os comerciais de tevê. Milhões de seres humanos transformaram a expressão em mantra e devoção. Não confundir com a forma portuguesa correspondente ao inglês *team*, que sugere, por um recurso de transposição de sentido, corruptela fônica e alguma imaginação, ter o futebol se transformado em uma grande fonte de dinheiro e perda de tempo. Adilson havia perdido tempo demais com o seu time e com a forma cada vez mais prosaica do brasileiro jogar futebol.

34

Heitor é um homem de negócios e joga o jogo jogado pela maioria. Vive para fazer dinheiro. Mas, como sabem, nem o homem de ferro é realmente de ferro. Heitor acaba de agendar suas férias com a família. Deixará a empresa que dirige nas mãos do vice, sujeito que não confia muito; mas não tem jeito, prometera para suas filhas uma experiência radical e não pode voltar atrás. Eles viajarão para a África do Sul e se instalarão no hotel Shanty Town. Viverão por quatro semanas em um *slum*, uma pocilga simulada, algo parecido com o que foi levado para a avenida por Joãozinho Trinta no Carnaval de 1989. Uma favela com barracos de metal, mas que possui calefação e Wi-Fi para que os amantes de tal simulação possam se sentir confortáveis, conectados, mas ao mesmo tempo possam experenciar, mesmo que por pouco tempo, o que seria viver em um ambiente de pobreza. Será uma grande e didática vivência para toda a família. E tudo isso só por 100 dólares por noite, com vacina da AstraZeneca incluída. Pena que não poderão levar o cachorro. Terão que deixá-lo em um hotel por aqui. Provavelmente, bem mais luxuoso.

55

Um repórter do Reino Unido conseguiu entrar disfarçado na gigante do varejo Amazon e registrou a rotina de trabalho de um dos armazéns da empresa. Contabilizou um turno de 10,5 horas, mais de 17 km caminhados e um pedido a ser coletado a cada 33 segundos. Trabalho duro. A BBC entrevistou um especialista em estresse no trabalho, que foi logo afirmando que tais condições aumentam o risco de doenças físicas, mentais e congêneres. Em resposta, a empresa (devidamente instruída por seus advogados) limitou-se a dizer que não faz nada de errado e, sem dúvida, a segurança dos trabalhadores sempre havia sido sua prioridade número um. Deduzimos, então, que a prioridade número dois seja nós, os consumidores. O capitalismo entrelaça a todos em seus inúmeros jogos e redes.

89

Quando puxamos o fio principal de uma rede, todas as partes da malha se movem; quando alguém levanta a extremidade de um manto, todos os fios se erguem também.

Grande mestre Tiantai da China.

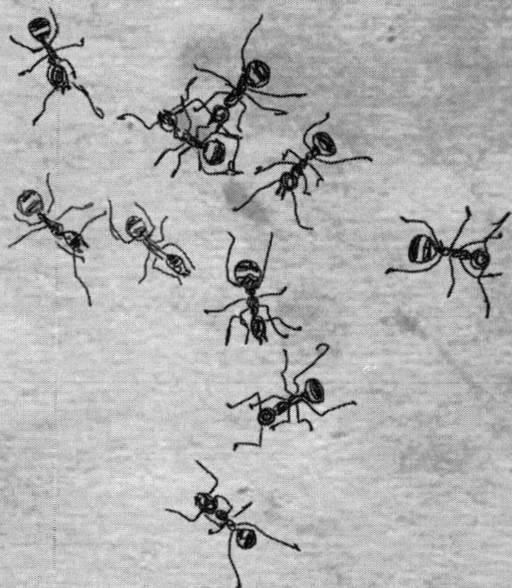

144

Alguns momentos grudam na gente e parecem que nos carregam. Não é uma questão de memória. É sobrevivência celular. Uma tatuagem íntima, daquelas que acariciamos nos momentos difíceis. E eles são muitos. Ao olhar a foto da antiga Estação da Luz, ele ainda se lembrava de uma manhã ensolarada. Era domingo e a viagem pelos trilhos de aço iluminaria sua vida. O cheiro forte de óleo queimado dos trens ainda irritava suas narinas. A roupa florida que sua mãe lhe colocara. O sorriso ansioso que lhe dera. De como apertara sua mão enquanto buscavam lugares no vagão. Tudo era um misto de contentamento, ansiedade e novidade. Uma esperança que brotava, quase infinita, na falta de outra palavra mais precisa. Sentimento novo e esquisito. Aliás, como todo sentimento novo que aflora sem perguntar se estamos ou não preparados para ele.

233

Afetado por sentimento nebuloso que lhe camuflava a alegria, Adilson agarrava-se a qualquer possibilidade de poesia. Melhor seria dizer, a uma possível poética do existir. Algo que pudesse aliviar o peso do mundo que ele carregava. Aquela consciência pesarosa e delicada de ser humano e conviver com o conhecimento de nossas ações desastradas. Saber que na Primeira Guerra Mundial (de 1914 a 1918), por exemplo, morreram cerca de 8,7 milhões de pessoas. Que na Segunda (de 1940 a 1945), a cifra subira para 50 milhões.

Que a esta cifra deveriam ser somados os 35 milhões de feridos e três milhões de desaparecidos. Que mais de cinco milhões de judeus foram exterminados. Que os gastos da Segunda Guerra chegaram a um bilhão e meio de dólares. Que a Rússia foi a nação que perdera o maior número de vidas humanas (18 milhões) e ocupara o penúltimo lugar em relação aos gastos: 13% do total. Que os Estados Unidos haviam sido os maiores gastadores: 21%. Que os danos materiais, como se pode deduzir, haviam sido enormes e, entretanto, foram refeitos com surpreendente rapidez. Que em 1948, apenas três anos depois de encerrado o conflito, a economia europeia já alcançava o nível de antes da guerra. Que os danos morais e éticos jamais haveriam de ser superados. Que alguns filósofos diziam ser impossível fazer poesia depois disso. Bem... Adilson não pensava assim. Para ele era justamente por isso que a poesia se fazia necessária. Ela adquiria, assim, uma utilidade redentora.

377

Enquanto o vagão do metrô deslizava sobre os trilhos da linha verde do Metrô em direção à estação Paraíso, seus pensamentos foram interrompidos por aquele toque estridente que lembrava aos sonolentos e distraídos que as portas iriam se fechar. Um si bemol que nada tinha de música, e não parecia fazer sentido. Paul Valéry dizia que a poesia era uma eterna hesitação entre som e sentido. E o mesmo não se poderia dizer sobre a vida? Não havia poesia nos avisos do Metrô. De tempos em tempos uma voz soava monocórdica anunciando a próxima estação como se falasse a espectros. Valéry também dizia que é preciso ser leve como o pássaro, e não como a pluma. Uma pluma é tão leve que pode ser levada por qualquer sopro, enquanto o pássaro depende da gravidade do mundo para pairar sobre ele e dirigir seu bico para o horizonte que lhe aprouver. A leveza é mais do que uma proposta literária para o próximo milênio. Ela é uma necessidade efetiva para a vida nos próximos milênios.

610

O diretor do Colégio Estadual Octávio Mendes, ao recepcionar os novos alunos e dando um empurrãozinho amistoso ao ano que começava, dizia com sabedoria e uma pitada de bom humor: "Só há duas coisas que desejo que não se esqueçam: leiam sempre boa poesia e conservem livres os intestinos". A risada era geral. Ele sabia que toda a felicidade humana era o resultado de uma felicidade biológica, sensória. Se seus intestinos não funcionassem, sua alma constiparia e até os dias mais radiantes lhe pareceriam um inferno de incessantes sofrimentos. Quanto à poesia, provavelmente ele dizia isso porque sabia que, nos momentos cruciais, a literatura era a única que poderia nos confortar. Como acontecera com o filósofo Richard Rorty que, diagnosticado com um câncer terminal, conclui que gostaria de ter passado mais tempo de sua vida com aqueles versos de Swinburn que, recentemente, haviam borbulhado em sua memória como pepitas: *Agradecemos brevemente / A todos os deuses que há / Por não se viver para sempre; / Por jamais os mortos se erguerem; / Por chegar, por mais que volteie, / O rio sem dúvida ao mar.* (trad. de Antonio Cicero)

987

Foi com enorme surpresa e alegria que as equipes de resgate conseguiram encontrar com vida uma mulher nos escombros da cidade iraniana de Bahn que na semana passada foi devastada por um violento terremoto. A mulher, Shahrbano Mazendrani, com uma idade bem avançada, foi retirada dos escombros pelos socorristas. Ela escapou graças a um armário que lhe caiu em cima quando se deu o tremor de terra, formando uma cavidade que lhe permitiu respirar durante todo tempo em que esteve imobilizada. O sismo, com a magnitude de 6,8 na escala de Richter, provocou a morte de mais de 30 mil pessoas.

Agência de Notícias, em 3 de janeiro de 2004.

1597

Há algum tempo houve um terrível terremoto na cidade iraniana de Bahn. A cidade foi praticamente destruída - e ela é desses monumentos nacionais onde todas as casas têm milhares de anos. Dentro da catástrofe narrou-se uma cena: os militares e/ou bombeiros foram cavando nos escombros em busca de vítimas. Conseguiram afastar destroços e retiraram de lá uma velhinha com uns 90 anos. E quando ela viu a luz da vida, estonteada depois de vários dias na escuridão da morte, a primeira coisa que fez foi declamar um poema da tradição persa, que falava da maravilha do universo e da vida.

Affonso Romano de Sant'Anna

2584

Voltar a ler o que parecia
ser chuva e anseios oblíquos.
Articular a escritura da vida
com a linguagem diáfana
do ser.
A gestualidade do espírito
a refletir semelhanças
com a linguagem original
da humanidade.
Reflexos e acentos cósmicos
com seus brilhos e sombras

a iluminar as extensas ruínas
de mármore de meu país.
Apreender o que nasce
e desaparece nas areias
de nossa ampulheta histórica.
O espelho e sua luz especular
que volta a ser
pelo meu ser
capturada.

4181

A memória não é um registro da realidade como gostaríamos de pensar. Ela é apenas uma interpretação construída pela mente. Ao final, o cérebro inventa tudo: o mundo, as cores que a gente vê e as experiências que achamos que vivemos. Antes de registrar, ele edita com uma lógica que ainda não sabemos ao certo qual é.

100

6765

Muito pouca gente sabe, mas, segundo algumas doutrinas remotas e pouco conhecidas da Ásia e da Grécia, Memória concebeu dois filhos gêmeos: Arn'Sargosi, o deus que nos fazia esquecer, e Arn'Sargosi, o deus que nos fazia recordar. É possível que então tivessem nomes distintos, ninguém se lembra. O que se sabe é que a eles se rezava de maneira exatamente igual, bastando alterar, no momento da evocação, o tratamento "Majestoso" por "Imponente". Um dia, por culpa de um descuido do esquecidiço, que não lembrava se ele era ele ou seu irmão, um pescador foi atendido por ambos os deuses, gerando assim o primeiro sonho. Desde esse dia, além de serem sempre lembrados pelo mesmo nome, passaram a ser evocados de forma indiferente, ao ponto de nunca se saber a qual deus, de fato, se está rezando. Foi assim que, abandonados por seus fiéis, caíram em decadência.

Quando os encontrei, na esquina da Andrássy ut com Nagymezőutca, me chamaram de Ördög – porque eu lembrava um velho amigo – e pagaram-me uma cerveja. Disseram que já havíamos tomado um porre juntos há muitos anos atrás no Bar da Severa, na Mouraria de Lisboa. Eu não recordava, claro. Não foi necessário mais do que duas palinkas para começarem a explicar-me, em meio a discussões violentas entre eles, como se dá mecanicamente o esquecimento de um fato ou sua recordação, o que eu só posso compreender e tentar traduzir dentro do meu entendimento mortal. A todas as coisas que há no mundo, se aderem os fragmentos de vida que se desprendem de nós. É como vamos nos livrando do peso que constantemente adquirimos durante a existência. Assim, as coisas acumulam fantasmas, recordações, sentimentos e alguma eletricidade dos corpos; e é por isso que casas e objetos ficam assombrados por espíritos, de mortos e de vivos, ganhando sua própria história. Ao doarmos a eles essas aparas de vida, elas desaparecem de nós e, com o seu desaparecimento, por vezes desaparecem também esses mínimos objetos, lugares e momentos passados por nossa vida, para que assim possamos estar livres para novos acontecimentos e coisas onde guardá-los – memória e realidade são, portanto, o mesmo, variando apenas se estão nesse momento em nós ou nas coisas. É aí que entram em ação os dois deuses pau-d'água e mulherengos que beberam feitos loucos naquela noite, cujo artifício é levar para dentro e para fora da existência tudo o que descartamos, colocando nesses "amuletos" cotidianos o acidente de os resgatarmos. Mas se um desses deuses nos faz lembrar por contingência, o outro nos possibilita esquecer por indulgência. E há quem goste mais de um do que de outro. Há quem prefira lembrar e há quem prefira esquecer. No meu caso, sempre achei angustiante acumular coisas com todos os fatos agregados a elas. Tenho um romance com o esquecimento e um filho com o desprendimento; vou me livrando de quase tudo que me chega: a liberdade de deslembrar me alimenta como pão. Isso muitas vezes me fez questionar porque ninguém, afinal, nunca pensou o Alzheimer, por exemplo, por seu verdadeiro viés: não o da doença, mas o da poesia. Depois de termos passado plenamente pela vida, melhor que recordar o passado com a consciência da irrepetibilidade não seria vivê-lo como se fosse o instante presente, sem distinção entre o que é e o que tinha sido? Talvez o que as pessoas temam neste fenômeno ocasionalmente chamado Alzheimer seja justamente a possibilidade de, não podendo ter controle sobre esses deuses filhos da memória, acabarem sendo possuídos por eles, como são possuídos os filhos dos orixás. Somos filhos da memória e filhos dos seus filhos. Talvez por isso haja mais palavras do que gente que as possa pronunciar. E talvez por isso eu tenha esquecido onde deixei minha carteira tão logo tenha despachado os dois, manguaçados, num táxi para casa.

Márcio-André

10946

Há um padre que se destaca nas memórias de Adilson. Ele era um *gentleman* curtido em filosofices. Leitor ávido de Santo Agostinho e de Platão, lia fluentemente em latim e grego antigo. Nos momentos em que não estava celebrando o sacrifício de Cristo ou orientando seu rebanho, traduzia os Diálogos de Platão e alguns poemas provençais não tidos em alta conta pelos seus pares do clero. Gostava de repetir uma frase de Platão, que encantava pela sonoridade e, com o passar dos anos, reverberaria como um mantra de singular veracidade. *Khalepá ta Kalá. Khalepá ta Kalá*. As coisas belas são difíceis. As coisas belas são difíceis. Difíceis e pontiagudas.

17711

O ângulo dos excluídos nos permite uma luz nova sobre o mundo! EUREKA!

Folha de S.Paulo

28657

Incontáveis vezes, subira a rua Frei Antonio de Sant'Anna Galvão, no bairro da Ponte Pequena. A mesma rua na qual esbarrara com Carolina de Jesus catando papelão. Carolina era negra e favelada e depois ficou famosa com o livro autobiográfico *Quarto de Despejo*. Adilson era negro e muito pobre na época. Subia a rua em que morava e virava à esquerda na Avenida Tiradentes. A avenida era um desfile de novidades diante de seus olhos inocentes. Era também uma assassina que devorava aos poucos os moradores do bairro e os passantes desatentos. Toda semana ele via algum corpo estendido na avenida ou na calçada, coberto por jornais ensanguentados e uma confusão de olhares curiosos. Antes de chegar à Igreja São Cristóvão, havia aquela sequência de bares e hotéis decadentes com mulheres insinuantes na calçada. Muitas vezes ouvira surpreso e sem graça o convite: "Vamos, meu bem?".

43368

Adilson pensava sem muita convicção nos mecanismos que a vida lhe apresentava para mudar o rumo das coisas. Como começar de novo se o fluxo do tempo parece ser uma abstração mentirosa e vivemos em um eternalismo que nos paralisa enquanto esperamos pela vida eterna? O cheiro forte do incenso nublava seus pensamentos. Colocou o turíbulo com todo o cuidado sobre a mesa. Ele ainda fumaçava, agora bem menos do que durante a liturgia. Sua forma niquelada em coração deveria ainda estar quente e acesa. Demonstrou ser hábil em sua manipulação e gostava de acreditar que tal habilidade era um reflexo de seu progresso espiritual. Um incensário desse tipo, depois de apagado, dava muito trabalho para ser aceso novamente. Ele deveria estar sempre em movimento para que seu fogo não arrefecesse. Um coração aceso e alimentado pelo oxigênio do espírito e pelo movimento pendular no espaço. Um bailar de coreografia repetitiva e previsível.

72025

Se há algo que nos transcende, talvez seja adequado admitir também que esse algo possua alguma misericórdia, ou quem sabe uma pitada de benevolência, e que conhecendo a fragilidade característica do ser humano tenha criado um mecanismo que possa nos redimir, ou que pelo menos nos traga algum consolo. Os católicos apostólicos romanos consideram que esse mecanismo é o sacramento da confissão e da penitência. Os cínicos estão convictos que o nome do mecanismo é *entertainment*.

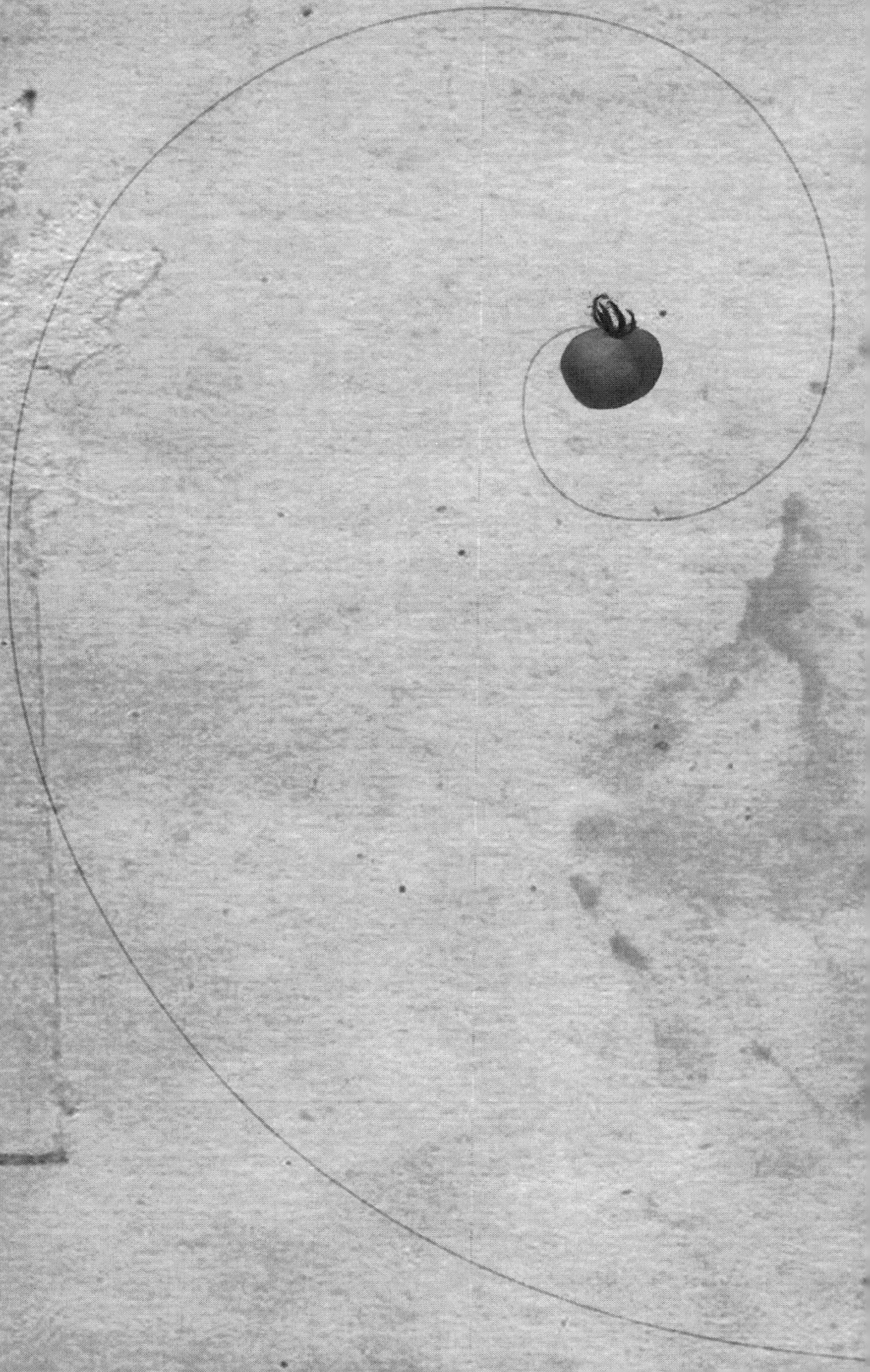

115393

Procurar ou inventar uma geometria é sobrepor uma ordem à desordem ou um saber à ignorância. Ou, se preferirmos, a nossa ordem à desordem dos outros. Isto porque estaremos sempre presos à visão conceptual do Universo de que formos capazes, embora o Universo permaneça da forma que é a sua (expandindo-se ou contraindo-se, tanto faz...) que não depende de nós e da qual pouco ou nada sabemos.

E. M. de Melo e Castro

187418

Em agosto de 1998, o cineasta inglês Peter Greenaway esteve no Rio de Janeiro para mostrar sua ópera '100 Objetos para Representar o Mundo' e aproveitou para conhecer o acervo do negro e ex-paciente psiquiátrico Arthur Bispo do Rosário. Bispo foi um caso único de ser que se dedicou a, como dizia Borges, 'la tarea de dibujar el mundo'. Ao longo de cinquenta anos, confinado em uma instituição psiquiátrica, Bispo criou peças, indumentárias, objetos, fichários, coleções de miniaturas, navios de madeira, rodas de bicicleta, séries, com o que tinha à mão e que até hoje nos desafiam. Para Bispo seu trabalho consistia em um registro de sua passagem sobre a Terra e seria apresentado a Deus no dia do Julgamento Final. Era seu passaporte. Ao término de sua visita ao acervo de Bispo, Greenaway admitiu: "Ele é mais obsessivo do que eu; a obsessão dele é infinita".

302811

A natureza da arte, como toda natureza, é paradoxal. Uma obra-prima, prima por ser única e por isso mesmo é eterna, mas não foi a primeira tentativa do artista e se ele tivesse tido mais tempo e, talvez, paciência não teria sido a última. Por mais que não saibamos o que seja, há uma lei que rege as obras bem acabadas. Uma constante matemática utilizada pelo escultor grego Fídias para conceber o Parthenon e que também está presente nas catedrais góticas, em alguns trechos da Ilíada, em quadros renascentistas e em várias partituras de Bach. Essa constante é expressa matematicamente assim...

$$\phi = \frac{1+\sqrt{5}}{2} \approx 1.61803398875,$$

... para Adilson, tal constante não chegava nem próximo à matemática complexa das emoções.

187418

O artista utiliza tudo aquilo que em seu redor é capaz de alimentar a sua visão interior, quer diretamente, quando o objeto que desenha deve figurar na sua composição, quer por analogia. Põe-se assim em estado de criar. Enriquece-se interiormente com todas as formas de que se torna senhor e que um dia ordenará segundo um ritmo novo.

Henri Matisse

115393

É sabido que ele costumava beber chá de poejo aos galões. Sozinho. Mas ficava feliz quando encontrava os amigos. Nos dias em que sangrava, o diabo loiro esculpia um coração no formato de uma caixa. Ele não usava cinzel, mas uma Fender. Conta-se que este coração era mais pesado que o céu, e que caiu durante uma tempestade de heroína. Cadente. Atravessou a terra como um *riff* de guitarra num refrão emputecido, e devolveu-se ao inferno, ardendo junto aos seus, os suicidas. Como sei disso? Não seja tolo, todo mundo já ouviu falar da partitura encontrada por lenhadores no que restou das florestas de Alberdeen, nos Estados Unidos. Foi Charles Cross quem desvendou as claves e tridentes. Ele jura que no final Polly teve sua vingança em Seattle. Tornou-se confeiteira. E que Frances foi feliz sem ele. Mas é claro que o diabo loiro experimentou inúmeras pequenas mortes antes de efetivamente estourar a cabeça, a sua e a nossa, a sorte é que quando explode uma estrela, ela renasce em minúsculos planetas sombrios, dentro daqueles que morreram com ela. Assim se resume a teoria das cordas. Grunges.

Sobre *Heavier than heaven– Uma biografia de Kurt Cobain*, de Charles R. Cross (Editora Globo), por Junior Bellé.

72025

Adilson odiava usar o banheiro fora de sua casa. Mas não havia jeito. Ou usava o do bar ou teria que fazer nas calças. Garçom, tá livre o banheiro? Certo, pego a chave com ele. O bacana daquele bar era o mix de padaria, mercearia, sebo e borrachos que ele abrigava, dependendo da hora do dia ou da noite. Nas prateleiras, pacotes de macarrão e amendoins torrados, e livros. Pegou a chave no caixa. No trajeto, catou o primeiro livro que viu e correu. Pareceu-lhe que estava com a Síndrome do Intestino Irritável. Lembrou-se do artigo que lera e que acusava os sintomas: diarreia, dificuldade de eliminar o cocô mais duro e eructações frequentes, vulgo arrotos em metralhadora. Estava com tudo isso e mais um pouco. O banheiro até que não estava tão ruim, considerando o adiantado da hora. Depois de forrar a aba da privada com uma mata atlântica de papéis-toalhas, baixou as calças e sentou com algum receio. O livro quase cai em uma poça de xixi, mas ele foi rápido. A capa era esquisita e logo na folha de rosto, abaixo do título e do nome do autor, havia uma ilustração do Jaguar. Leu novamente o título, *A Lua Vem da Ásia*, virou a página e quase ao mesmo tempo do primeiro jorro começou a ler...

Aos dezesseis anos matei meu professor de Lógica. Invocando a legítima defesa - e qual defesa seria mais legítima? - logrei ser absolvido por 5 votos contra 2, e fui morar sob uma ponte do Sena, embora nunca tenha estado em Paris. Deixei crescer a barba em pensamento, comprei um par de óculos para míope, e passava as noites espiando o céu estrelado, um cigarro entre os dedos. Chamava-me então Adilson, mas logo mudei para Heitor, depois Ruy Barbo, depois finalmente Astrogildo, que é como me chamo ainda hoje, quando me chamo.

Campos de Carvalho

43368

O grande acontecimento de 1889, um ano após a morte de Nietzsche, foi o nascimento de Álvaro de Campos. Tal fato, que vai reverberar por mais de mil anos nos livros de história da literatura mundial, aconteceu em 15 de outubro, à uma e trinta da tarde. O gajo se tornou, aos poucos, um tipo alto, magro, pouco tendente a curvar-se, com uma cara rapada, entre o branco e o moreno. Um 'tipo vagamente judeu-português', com o cabelo liso e apartado ao lado e um monóculo. Depois de uma vulgar educação no Liceu, foi para a Escócia estudar engenharia mecânica e naval. Apesar de ser engenheiro, viveu em Lisboa sem fazer uso da sua profissão. Viajou pelo Oriente e pela Europa e, dizem, esteve no Rio de Janeiro, mas, historicamente não há registros, a não ser de um tal Ricardo Reis, mas aí já estamos falando de outra pessoa.

28657

Emerson disse certa vez que a linguagem, além de tecido, é poesia fóssil. Para se compreender os ditames e implicações da linguagem seria necessário que nos lembrássemos a todo momento que todas as palavras abstratas são, de fato, metáforas. Inclusive, não podemos esquecer da própria palavra 'metáfora', que em grego significa 'transposição', transposição do sentido próprio ao figurado. Aquela dona de casa que esbarrara na feira de seu bairro com o ator, o vilão do momento na novela das 21 horas, e começou a xingá-lo e a destratá-lo, acabou cometendo várias transposições e confusões de sentido. Gerou metáfora em cima de metáfora. Caberia a nós perguntar: Será que tudo tem que ser palpável como um tomate?

17711

Hiroshima é uma cidade do Japão situada ao sudoeste da província de mesmo nome na região de Chugoku. Era conhecida como a 'capital das águas', pois se localiza no delta do Rio Ota e de seus seis afluentes. No dia 6 de agosto de 1945, quando a Segunda Guerra Mundial já estava terminando, Hiroshima foi alvo da primeira bomba atômica do mundo, lançada por um bombardeiro americano pilotado pelo coronel Paul Tibbets Jr., que tinha 30 anos na ocasião e havia se preparado desde fevereiro de 1945 para a missão. Ele escolheu pessoalmente o quadrimotor B-29 e o batizou de "Enola Gay" em homenagem à sua mãe. Em nome de sua mãe e do governo americano, mais de 200 mil pessoas morreram naquele dia. O edifício projetado pelo arquiteto checo Jan Letzel e que era o Hall de Exposição de Produtos Típicos da Província foi uma das poucas construções que sobraram. O que foi preservado desse edifício transformou-se no Memorial da Paz de Hiroshima, um monumento destinado a conservar viva a memória do horror da bomba atômica. "Não mais Hiroshimas", diz o lema atual da cidade. Dessa forma, a mãe de Paul Tibbets entrou para a história. Uma forma bem ocidental de devoção filial.

10946

A exposição de um organismo a uma fonte radioativa (acidente radioativo, exposição a materiais radioativos nos exercício de determinadas profissões, exposição inadequada a fontes de raios X ou radiodiagnóstico, etc.) pode acarretar, dependendo da dose absorvida, uma série de efeitos deletérios: morte em poucos minutos [doses muitos elevadas, de algumas centenas de Grays (Gy)]; comprometimento do sistema nervoso central, caracterizado por desorientação espaço-temporal, ataxia, distúrbios respiratórios, morte após algumas horas ou, no máximo, dois dias (doses elevadas, em torno de 100Gy); distúrbios gerais: náusea, vômitos, perda de apetite, diarreia intensa, apatia, desidratação, perda de peso, infecções graves (doses menos elevadas, de algumas dezenas de Gy); síndrome hematopoiética, caracterizada por inativação das células sanguíneas, que tem como consequência hemorragia e redução da resposta imunológica (doses menores, de alguns Gy). O principal efeito tardio da radiação é o desenvolvimento de células neoplásicas, ou cancerização. Além dos efeitos citados acima, as alterações locais são: na pele, radiodermite, eritema, queda dos cabelos, formação de bolhas, necrose do epitélio da boca e nas partes superiores do tubo digestivo, lesões nas vilosidades intestinais; na bexiga, lesões na mucosa de revestimento; nas gônadas, esterilidade (reversível ou não), conforme a dose absorvida; no globo ocular, opacidade do cristalino. Conforme a dose, podem ocorrer efeitos teratogênicos durante a gravidez. Finalmente, a longo prazo, a radiação pode induzir alterações genéticas como aberrações cromossômicas e mutações genéticas.

Hiroshi Takaoka, físico japonês.

6765

Quase todas as tardes, Borges saía de seu apartamento e atravessava a rua em direção à Galeria del Este, na Calle Maipú, 971, onde se encontra a Libreria La Ciudad, sua livraria preferida. Nela, ele autografou muitos de seus livros ou passava horas explanando sobre seu assunto predileto, *por supuesto*, a literatura. Na entrada da Galeria encontramos uma placa, *Los senderos de Borges*, com um roteiro biográfico e literário de Borges pela cidade. *Los senderos* mostra a localização exata de o Aleph, aquele ponto 'onde estão, sem se confundirem, todos os lugares do mundo', citado em um de seus contos de mesmo nome. Em uma famosa entrevista, Borges ironiza alguns jornalistas estrangeiros que lhe perguntavam sobre o número exato da Calle Garay, no bairro da Constitución, o endereço do tal Aleph, e o olhavam com desprezo depois que ele respondia tranquilamente ser aquilo apenas uma invenção.

4181

Até então distante de Borges, como de outros poetas maiores, fui me approximando da sua biographia, de coincidencia em coincidencia. Alem de bibliothecario, poeta, cego, bruxo e apaixonado pelo typo nipponico, o Alem me armou uma cadeia de successos decorrentes. Ja desilludido da vida litteraria e da propria vida, em 1997 sou convidado pelo professor Jorge Schwartz a integrar o corpo de traductores da obra completa do genio argentino, publicada pela Globo a partir de 1998. Em parceria com Jorge traduzi justamente o livro de estréa, FERVOR DE BUENOS AIRES. A publicação valeu aos traductores o premio Jabuty de 1999, e com minha parte no dinheiro do premio comprei um computador adaptado para cegos. Graças a essa machina fallante readquiri o habito de escrever e o gosto pela poesia. Ao mesmo tempo, a insomnia e os pesadelos diuturnos provocados pelo trauma da cegueira me levaram a compor febrilmente, memorizando tudo à maneira de Borges.

Glauco Mattoso

2584

O filósofo austríaco, naturalizado britânico, Ludwig Joseph Johan Wittgenstein, mostrou em seu *Tractatus Logico-Philosophicus* proposições que problematizavam sobremaneira a questão da linguagem. Elas poderiam ser sintetizadas em sete temas.

1. O mundo é tudo o que ocorre.
2. O que ocorre, o fato, é o subsistir de estados de coisas.
3. Pensamento é a figuração lógica dos fatos.
4. O pensamento é a proposição significativa.

5. A proposição é uma função de verdade das proposições elementares.
6. A forma geral da função de verdade é [p, ξ, Ñ, (ξ)].
7. O que não se pode falar, deve-se calar.

Para Wittgenstein, todo o problema da filosofia se reduzia à distinção entre o que pode ser dito por meio de proposições e o que pode ser apenas mostrado.

1597

O rio, antes de chegar ao mar, segue caminhos
tortuosos.

987

Olhando aquele céu de janeiro, era impossível não se emocionar com suas cores. Aquele azul objetivo que Baudrillard afirmava ser impossível demonstrar. Em seu livro *De um fragmento ao outro*, Baudrillard reflete sobre a relação dos fragmentos com os fractais. Chega a afirmar que os fragmentos criam o vazio, o branco. Os fragmentos são singulares e fecham-se em todas as direções e os fractais, embora se assemelhem, representam um 'universo infinito', não abrem nem fecham. O fractal estaria ao lado da réplica, da metástase, e o fragmento ao lado da anamorfose. Com esse ponto de partida complexo, olha para o céu azul e afirma que não é possível conceber a objetividade das coisas, por isso, o azul, uma qualidade, não poderia ser objetivo. Para um baiano, ficava claro que Baudrillard nunca havia contemplado o céu de Ilhéus em janeiro.

610

Segundo a Food and Drugs Administration (FDA), o órgão que faz o controle dos alimentos e remédios nos EUA, uma barra de chocolate comum contém, em média, oito resíduos de baratas. (Um pedaço de 100 gramas de chocolate tinha, em média, 60 resquícios de insetos variados em sua composição.) O inseto entra em contato com o doce ainda durante a colheita e armazenamento do cacau. E mais: pessoas que têm alergia ao chocolate podem, na verdade, ser alérgicas aos pedacinhos de baratas que ficam no doce. O inseto pode causar reações alérgicas em algumas pessoas, como coceira e cãibras, e cortar o chocolate da dieta é justamente um dos tratamentos recomendados a pessoas alérgicas.

Revista Superinteressante

377

A palavra mais bela da língua inglesa, pensou Ruy, era *serendipity*. Palavra, provavelmente, oriunda do Sri Lanka, hoje Ceilão, o país da seda. Conta-se que uma princesa passeando com suas amigas pelo campo ficou deslumbrada com os frutos brancos que pendiam de certas árvores. Soube-se depois que as árvores eram amoreiras e os frutos brancos não eram frutos e sim casulos que o desconhecido bicho-da-seda, em seu estado larval, tecia para abrigar-se durante a sua metamorfose em mariposa. Os bichos-da-seda alimentam-se exclusivamente de folhas de amoreira. A princesa, maravilhada, com esses pseudofrutos, percebeu que puxando um de seus fios ele se descolava. Dessa descoberta fortuita chegou-se a sericicultura. Isso foi considerado uma feliz descoberta casual, portanto, *serendipity* está na origem da cultura da seda que durante muitos séculos foi mantida em segredo pelo Oriente. Como é que se conseguiam esses preciosos fios? A técnica de ferver os casulos foi desenvolvida pelos indianos e durante a fervura o bicho morria e, também, o fio se libertava e depois era enrolada em bobinas. Acontece que a primeira exposição que se realizou de arte cibernética, da arte feita por máquinas, por computadores ainda rudimentares, se chamou Cibernetic Sirendipity. A palavra acabou sendo vulgarizada no mundo tecnológico a partir dessa exposição impressionante. Impressionante não tanto pelos resultados artísticos que mostrava, mas sim pela proposta de abertura para o futuro. De uma feliz descoberta casual, e do posterior sacrifício das crisálidas, o futuro descortinou-se.

233

Banzo, logo existo.

144

Michel veio a São Paulo para fazer uma pós na USP, aprender a língua que dizia amar e que, a julgar pelo seu uso correto do pretérito mais-que-perfeito, demonstrava dominar muito acima da média dos próprios brasileiros. Negro da classe média americana, tinha se formado na Universidade Morehouse em Comércio Exterior e diz, enquanto Ruy pede outra cerveja, que desde pequeno só tinha tido médicos e dentistas negros. Seus pais eram de Detroit e ele desde cedo passou a odiar o *Blues*. Ruy não conseguia entender. O

Blues o fisgara desde sempre e quando fazia uma amizade verdadeira com um negro americano ele vinha logo dizendo que esse som era para negros sofredores e antiquados? *You have pray just make today*, cantarolou Michel para mostrar a Ruy o tipo de música que curtia gingando o corpo como os rappers da perifa brasileira costumavam fazer. Michel deu um livro de James Baldwin para Ruy e comentou, "Você fala com uma ternura e um respeito pelas pessoas que eu só vi nesse cara aqui. Leia!".

89

Há aqueles que ainda acham que Elvis Presley foi o maior de todos. Para Ruy ficava evidente que eles haviam ouvido pouco Chuck Berry e talvez nunca tivessem ouvido falar de Screamin' Jay Hawkins. Esse é o cara!, não é possível que você não conheça, enfatizou Ruy. Ex-boxeador, ex-ator, cujo objetivo inicial era se tornar um cantor barítono. Há mil histórias sobre ele, uma delas foi que lutou e foi capturado durante a Segunda Guerra Mundial e livrou-se explodindo uma granada na cara de seu torturador. Seu maior sucesso foi *I Put a Spell on You* e, dizem, que ele e a banda a gravaram totalmente chapados. Precisou reaprender a música ouvindo depois a própria gravação cheia de grunhidos e arrotos. Certa vez, eu estava assistindo a um filme de um conterrâneo seu, o Jim Jamursch. Começou a tocar um som arrepiante no gravadorzinho do personagem principal que, aliás, era o saxofonista de vanguarda John Lurie. Que som! O filme era maravilhoso, mas aquela música, cantada daquele jeito, era demais. Como é que você não a conhece, Michel?

55

O acaso só favorece as mentes preparadas.

Pasteur

34

O encontro foi casual como aquele não-samba do Paulinho da Viola. As palavras confidenciadas ainda queimam, dois sóis negros em seus olhos. Relembraram um tempo de fotografias esmaecidas, ingênuos e totalmente despreparados para a vida. Algo disso ainda sobrou, menos a esperança – concordaram. Me perdoe a pressa. O fato é que envelhecemos. *Leva-se muito tempo para se ser jovem*, disse Picasso certa vez.

21

A Teoria do Caos, embora inicialmente não tivesse essa intenção, parece servir para as mais estapafúrdias conclusões. Por exemplo: o que a burocracia militar americana teria a ver com a maior capital gay do planeta? Durante a Segunda Guerra Mundial, todo militar americano que fosse suspeito de homossexualidade teria que passar por uma avaliação feita por uma junta militar em São Francisco. Conta-se que, entre 1941 e 1945, passaram por lá e foram mal avaliados para o exercício da profissão quase 10 mil militares gays e lésbicas. No final das contas, os reprovados acabavam por ficar na cidade. Os militares e sua homofobia, mesmo sem o querer, contribuíram para criar a base da maior colônia gay do planeta. Efeito borboleta?

13

Astrogildo via-se como um homem sem sorte, não bafejado pelos deuses. Nenhum talento em especial. Exatamente por isso, naquela manhã chuvosa e fria, manhã típica do inverno paulistano, flutuou cabisbaixo pela escada rolante da Estação Vila Madalena. Ao vencer a catraca, deslizou mais um lance de escadas e sorriu da pressa dos paulistanos que corriam sôfregos até mesmo sobre escadas e esteiras rolantes. O batucar compassado do corrimão de borracha negra lhe distraiu por um átimo, fazendo-o quase tropeçar na junção da escada com o piso da estação. Ao se reequilibrar olhou para o chão e arqueou as grossas sobrancelhas ao ver uma nota de 100 reais estendida e se oferecendo lépida para ele. Os olhos chisparam sorrateiros para todos os lados. Ninguém a notara. Ele não teve dúvida. Parou, abaixou-se fingindo limpar o bico do sapatênis marron, e arrebatou a cédula com os dedos ligeiros. Ao colocá-la no bolso direito da calça, ouviu a sirene do vagão e a luz que piscava avermelhada. As portas iriam se fechar. Correu.

8

O trem não estava muito cheio esta manhã, o que não era mais comum na chamada Linha Verde do Metrô. Resistiu em dar uma olhadinha na cédula, mesmo notando que a maioria das pessoas no vagão estava absorta em sua bolha e celulares de última geração. Quando chegou ao escritório da editora, já em sua sala, foi conferir a nota. Uma frase escrita com caneta preta saltava enigmática: *Los muertos odian el número dos, pero el número dos adormece a las mujeres.*

Ao ligar o computador, ficou matutando na frase. Por que os mortos odiariam o número dois? Quem a anotara? Um enigma rabiscado caprichosamente em dinheiro? Lembrou-se do provérbio chinês sobre as boas coisas virem em pares. Enquanto conectava seu browser ao navegador, a frase ainda cintilava em seus olhos. O número dois adormece as mulheres? A página do Google piscava em seu écran.

5

O Google faz sucesso devido a um espertíssimo processo de fazer dinheiro com propaganda, diga-se de passagem, descoberto meio que por acaso. O acaso, aliás, está em seus genes. Conta-se que o matemático Edward Kasner perguntou para seu sobrinho de oito anos como ele descreveria o maior número que pudesse imaginar. O pequeno Milton Sirotta balbuciou algo que Kasner entendeu como 'googol'. Quando o primeiro investidor perguntou qual o nome da empresa para a qual destinaria um cheque de 100 mil dólares, os garotos ansiosos a sua frente disseram que o nome da empresa seria Googol. O empresário entendeu o que eles balbuciaram como 'Google' e assinou o cheque. Quando o Google se apoderar de tudo, um monumento será erguido em pixels à música do acaso e a insuficiência auditiva dos tiozinhos de plantão.

3

Com um dos olhos, Astrogildo conferia a nota de R$ 100 em cima da mesa e com o outro deixava-se entreter pela ilustração colorida na tipologia do Google. Seriam as formigas de Escher a passear sobre as letras? Digitou a palavra *acaso* na busca. Em 0,16 segundos, a tela computou 46.800.000 resultados para o termo.

'Acaso' viria do latim, aquilo que surge ou acontece a esmo, sem causa, sem motivo ou explicação aparente. Uma nota estendida à distância do próximo passo seria obra do acaso? Acaso tem três significados diferentes, que dependem do sentido que se dá à palavra causa. Algo que acontece sem finalidade ou sem objetivo, isto é, algo sem causa final. Neste caso, o acaso se opõe à teleologia. Algo que acontece sem ser consequência de algo passado, ou seja, um efeito que não se explicaria por uma determinação precedente. Filosoficamente entendido, se oporia ao determinismo.

Como formigas furiosas buscamos todo tipo de conhecimento. Às vezes somos favorecidos por algo, mas na maior parte do tempo o que parece imperar é a caosmose do acaso.

2

Todos os seres carregam um número particular que os distingue e torna-se a fonte de seus respectivos atributos, qualidades e destinos. O acaso é um termo desconhecido de uma progressão numérica e o tempo não passa de uma sucessão de números. Isso nos leva a concluir que se o futuro for uma combinação de acaso e tempo, ambos deveriam entrar nos cálculos para se saber o resultado de um acontecimento ou o destino que uma determinada existência configura.

1

Quando descobriu que o caminho mais curto entre dois pontos não era uma reta, quase passou a acreditar que o espaço, então, era curvo. Mas logo veio a Teoria da Aleatoriedade e, com ela, as complicações. Seria mais fácil continuar a acreditar que as coisas são o que parecem ser. Que o céu, quase sempre, é azul. Que as pedras são duras desde sempre e que a neve é tão fria como o gelo. Aquilo tudo que o brilhante filósofo e matemático Bertrand Russel chamou de realismo mágico. Daí, considerarmos a existência como sendo fantástica é só um passo. Mas ela não é. O que impera no universo é a frieza. A frieza de seus espaços infinitos, das monotonias siderais. Até o Sol está esfriando. Por que deveria acreditar em alguma redenção, em alguma ordem no caos, pensou Astrogildo. Os músicos e arquitetos gostam de acreditar que há uma lei que permeia as construções mais complexas. Uma tal de equação que explica desde a forma das conchas e caramujos até as divinas proporções encontradas no movimento das galáxias ou em alguns desenhos de Da Vinci. Nada disso trouxe alegria para Astrogildo. Nada desse conhecimento lhe ajudou no momento crucial. Não conseguiu se desprender do ciclo de *samsara*. Quem poderia explicar o frio gélido dos espaços infinitos em seu peito? O terror e o desespero ao ver que destruíra o que mais amava. Do que adiantou seu pós-doc? Aquela vontade de querer entender a equação que levava o nome dela. Áurea poderia ter mentido. Dito que aquilo havia sido apenas uma aventura passageira e que ele sempre seria o homem de sua vida. Ele não teria tocado fogo em sua roupa. Ela não teria despencado da varanda, iluminando a noite com seu vestido de hidrogênio incandescente. Sua traição mergulhou em linha reta até se estatelar na calçada com um baque surdo. Sim, o espaço não é curvo. A massa de seu corpo caindo não gerou nenhuma curvatura no espaço, nenhum alívio, nenhum desvio. O que ele faria agora? O universo fez-se pedra. Sim, a vida humana por vezes é um desequilíbrio e querer perpetuá-la só faz acelerar o fim do mundo.

1

que fique super-claro,
o romance não existe mais, ele é um conjunto de
jogos textuais reincidentes
pode conter tudo
culinária das regiões montanhosas de Vênus
manual de construção de barcos abissais
álgebra verbal
descrições topográficas de um mundo imaginá-
rio pós-matemático
a fórmula geomental do filamento da lâmpada
de Mercúrio do indizível

um derive de fotografias dos trajes do não-mergulhador do Vesúvio
procedimentos astronáuticos de lançamento de um foguete ao teu olho mais desperto
um manual para fabricação de tijolões de éter de couraça temporal mentálicos
uma tábua de esmigalhar microestrelas na mesa do espaço mais faminto e gigantesco triturador de todas as formas que nunca serão imaginadas
uma novela pode ser apenas a pauta musical da pele de ostras do lagarto cujo cadáver está exposto na catedral mais abandonada da Abissínia.
pode ser uma manual de meteorologia do movimento mitológico das nuvens
pode ser um receituário balístico
um guia-jaguar para entelhadores de casas aéreas num mundo onde não há gravitação e não existem corpos
uma narrativa pode ser um guia de conversação para o entendimento das aves
um manual de natação para os sobreviventes do próximo dilúvio
uma plaquete de turismo numa região fake de Madagascar
um romance hoje pode ser uma revista com

muitos artigos sobre um romance (deixem comigo)
um romance pode começar a ser escrito exatamente com um empilhamento de frases feitas
agora mesmo enquanto eu desço a montanha
com os novos predicados do delírio e o conhecimento de tudo o que nos transformará
ararat ara rará
frasaves
um romance pode ser apenas a descrição de todas as marcas deixadas numa praia por uma multidão que jamais lerá nenhum romance.
um romance pode ser a história daquilo que tentou acabar com o romance de uma vez por todas
a história da maldição daqueles que inventaram a televisão
e seu progressivo castigo de fótons no ouro gradual da percussão da vibração mais remota
um romance é feito daquilo tudo que ainda não fez nenhum romance
um romance só pode ser romance quando não se parecer de modo algum com nenhum romance ou tubo catódico
acabo de alojar-me,

caminhando pelo deserto
em busca de um torvelinho de magnitude 4
um romance pode ser tudo que você não pensa
sobre romances
você só pode escrever romances não escrevendo
romances
um romance pode ser o manual de elaboração
do próximo universo.

Carlos Emílio C. Lima

0

Está escrito. Um romance pode ser uma novela que pode ser um conto que pode ser um poema que pode ser um ensaio que pode ser o que o autor quiser que ele seja. Até um fósforo.

1

Dizem que as formigas já comeram Roma; comerão a tudo que insiste em vicejar. Sua fome incorruptível a nos lembrar de que sofremos todos um grande mal, a desoriginalidade. Não é necessário andar em uma carruagem de rangíferos para vislumbrar do hemisfério boreal o círculo vicioso e repetitivo da história. A farsa nos conduz. Sabemos que no centro desta prodigiosa cúpula cósmica está escondido um rubi de virtudes mágicas, e aqueles judiciosos, membros de famílias cujo traço mais característico é o recato, não o enxergam. Gostam de tudo ajustado e bem medido. Mas, lembremos o que nos disse um grande mestre. Se lhe for destinado relógios, recuse-os; relógios são infernos enfeitados de ouro, que você levará a passear e fará, de tempos em tempos, manutenção e no final perceberá que você é que foi dado ao relógio, e ele é que lhe faz manutenções, cobranças, repreensões. O caos é a liberdade cintilante de que se alimenta a criação.

1

Se quer saber o final, preste atenção no começo.

Provérbio Nigeriano

Impresso em papel polen soft,
tipologia Garamond 12/14, no verão de 2021.